AF178005

Shemale Geschichten

Teil 4

Alle Rechte vorbehalten.

Unbefugte Nutzung, wie z.B. Vervielfältigung,

Verbreitung, Speicherung und Übertragung, kann zivil-

oder strafrechtlich verfolgt werden.

Alle Rechte sind dem Autor vorbehalten.

Original Copyright © 2023, von Aiden Kelly.

Impressum

© 2023 Aiden Kelly

Druck und Distribution im Auftrag der Autorin:

tredition GmbH, Heinz-Beusen-Stieg 5, 22926 Ahrensburg, Deutschland

Das Werk, einschließlich seiner Teile, ist urheberrechtlich geschützt. Für die Inhalte ist die Autorin verantwortlich. Jede Verwertung ist ohne ihre Zustimmung unzulässig. Die Publikation und Verbreitung erfolgen im Auftrag der Autorin, zu erreichen unter:

tredition GmbH, Abteilung "Impressumservice", Heinz-Beusen-Stieg 5, 22926 Ahrensburg, Deutschland.

Vorwort:

Mein Name ist Aiden Kelly. Ich wurde 1982 in Dublin, im schönen Irland geboren. Seit meiner Kindheit schreibe ich Geschichten aller Art. Je älter ich wurde, umso stärker zog es mich zu erotischer Literatur hin.

Bis heute habe ich weit mehr als 200 erotische Romane und (vor allem) Kurzgeschichten veröffentlicht. Mit diesen Geschichten möchte ich meinen Lesern die Zeit versüßen und sie zu erotischen Taten inspirieren.

Bei der Erzählung meiner Geschichten halte ich mich nicht an starre Konventionen. Mal schreibe ich aus Sicht einer Frau, mal aus der Sicht eines Mannes. Gelegentlich schreibe ich auch in der Ich-Form.

Ihr Aiden Kelly

Teil 4

Ich war schon seit Jahren in der Hütte. Es war in den Bergen von North Carolina, etwa fünf Stunden von unserem Haus in Tennessee entfernt, und obwohl es nicht die größte aller Unterkünfte war, war es ein Rückzug aus unserem geschäftigen Leben. Manchmal kam meine Frau mit mir, manchmal kam ich weg, um zu schreiben, und je nachdem, ob ich allein oder mit ihr war, entschied ich, wie entspannt ich sein würde.

Ich hatte eine jüngere Frau geheiratet, nachdem ich mich in meiner Karriere gut etabliert hatte. Sie war alles, was ich mir von einer Frau gewünscht hatte. Sie war brillant, eine Assistenzprofessorin für Biologie an der gleichen Universität, an der ich lehrte, kreativ in all den Facetten, in denen ich mir wünsche, dass sie eine der schönsten Frauen ist, die ich je gesehen habe, geschweige denn mit ihr geschlafen habe, und fünfzehn

Jahre mit meiner Juniorin. Sie hatte den ganzen Antrieb, den Frauen in meinem Alter fehlten. Während sich meine Freunde beschwerten, dass sich ihr Sexualleben verlangsamt hatte, waren meine verrückt. Sie wollte mehr Sex als ich (ich habe mich nie beschwert), und sie experimentierte gerne mehr als die Geschichten in der Männerumkleide. Ich wachte auf, um zu blasen, sie bat mich, sie auf Parkplätzen zu ficken, flehte mich an, ihren Arsch zu ficken, und hatte keine Angst vor ein wenig Prügel oder irgendeiner Bondage. Sie war zierlich, aber nicht dünn. Als Schwimmerin war ihr Körper eng, aber sie hatte alle notwendigen Kurven, um einen Mann verrückt zu machen.

Sie war kein freakiger Pornostar oder besaß einen Ghettoarsch, aber ihr Arsch machte Wellen, als ich ihren Hund fickte und die Titten weit überdurchschnittlich groß genug waren, um meinen Schwanz zu umschlingen und überall hin zu fliegen, als ich sie fickte. Unsere Beziehung begann normal genug. Ich war schon mit vielen Frauen zusammen gewesen, also war es nicht so, als wäre ich ein Anfänger. Der Sex begann ziemlich schnell, aber es war normal. Es war höfisches Ficken, wo wir für eine Nacht ausgehen und bei mir oder ihr landen und den Weg ins Schlafzimmer finden würden. Sie war eindeutig dabei, aber sie wurde nie verrückt, und ich war mehr als glücklich; aber einmal in der Nacht rauchten wir etwas Pot und das änderte alles. Ich war eine normale Raucherin, aber offensichtlich war sie es nicht. Sie initiierte es, und ich stimmte bereitwillig zu.

Wir saßen auf ihrer Wohnzimmercouch, nach zwei Schalen zurück gegen die Kissen. Ich war etwas zögerlich gewesen, weil ich nur die beste Woche rauchte, und da sie nicht so viel rauchte, dachte ich nicht, dass sie etwas Gutes haben würde, aber als ich dort saß, konnte ich fühlen, wie gut das Gras war. Ich schloss die Augen und genoss einfach das Gefühl der völligen Entspannung, aber sie hatte nicht die Absicht, dasselbe zu tun. Bevor ich wusste, was sie tat, hatte sie meine Hose ausgepackt und saugte meinen Schwanz. Sie hatte mich schon vor ein paar Mal geblasen, aber es war immer ein nachträglicher Gedanke. Ich wusste genug über Frauen, um zu wissen, dass man eine Beziehung wirklich schnell ruinieren könnte, wenn man nicht die Agenda vorantreibt, indem man das Thema mit dem Kopf voranbringt. Das war etwas anderes. Sie griff meinen Schwanz an, als könnte sie nicht genug davon bekommen. Sie riss mir die Hose vom Leib und saugte an meinen Eiern, schob sogar meinen Schwanz und meine Eier hoch, damit sie mein Arschloch lecken konnte (eine neue Erfahrung). Sie zog ihr Hemd aus und Titten fickten mich für eine Weile, nur um mich so fertig zu machen, wie es nur wenige Frauen getan hatten, indem sie mich tiefstauchen.

Als sie sich neben mich zurücklehnte, Sperma noch in ihrem Mund, war sie außer Atem. Sie saß dort für ein paar Minuten, aber kurz nachdem sie ihre Gelassenheit wiedererlangt hatte, begann sie eine Hetzrede darüber, wie sehr sie einen Schwanz in ihrem Mund liebte, wie großartig Sperma schmeckte und wie das Gefühl eines explodierenden Mannes die größte Sache im Leben war. Ich stand unter Schock, aber ich wusste genug, um sie für etwas wirklich Großes zu belohnen. Ich versuchte, sie zu verraten, aber sie hielt mich auf. Als ich protestierte, stimmte sie zu, aber nur, wenn wir 69 könnten, in ihren Worten, nur lange genug, um meinen Schwanz wieder hart zu bekommen. Wir zogen uns nackt aus, und dort auf dem Boden saß sie auf meinem

Gesicht und fing an, meinen weichen Schwanz in ihrem Mund zu bearbeiten.

Es dauerte etwa eine Minute, bevor ich mich überhaupt an sie ranmachen konnte, und ich war steinhart. Sie stieg von mir ab und schaute mir tot in die Augen und gab mir dann den Befehl, der mein Leben verändern würde. "Ich will, dass du meine Muschi und meinen Arsch fickst, wie du es noch nie zuvor getan hast. Trage meine Fotze raus, komm so oft wie möglich in mich rein, aber bevor die Nacht vorbei ist, möchte ich, dass du mir mindestens einmal ins Gesicht kommst."

Ein Porno hätte nicht so geschrieben werden können, aber genau das ist passiert. Wir fickten und fickten, fickten so viel, dass ich nicht wusste, wie ich es tat oder woher es kam. Sicherlich hatte ich am Ende der Nacht keine Sperma mehr in mir, aber ich beschwerte mich

nicht über meinen High-Sex-Freak. Ich schwor mir in

dieser Nacht, dass ich sie im Gras behalten würde, weil

es absolut der beste Sex meines Lebens war. Ich hatte

noch nie eine Frau wie mich gehabt, um das zu tun, was

sie mich fragte, und hatte wegen meiner Größe noch nie

Analsex gemacht. Nichts brachte sie in Phasen, aber ich

wusste, dass der nächste Morgen unangenehm sein

würde, und als wir dort ein Nickerchen machten, wusste

ich heimlich, dass es ihr wahrscheinlich am Morgen

peinlich sein würde und unsere Beziehung auslaufen

würde. Aber dann wachte ich auf.

Am nächsten Morgen war der erste meiner

morgendlichen Blowjobs von ihr, nur um mit dem

Befehl, dass ich ihren Arsch ficke und ihn fülle,

abgeschnitten zu werden, weil mir am Vorabend die

Ficksahne ausging, "bevor ihr Arsch richtig gefüllt

werden konnte". Als ich fertig war, stand sie beiläufig auf und ging auf die Toilette und kam dann nackt heraus und fragte, ob ich etwas Frühstück wollte. Ich hätte sie fast gebeten, mich gleich hier zu heiraten. Wir sprachen nicht darüber, was passiert war, sondern darüber, wann es um unseren Tag ging. Ich ging in mein Büro und versuchte, etwas Arbeit zu erledigen, wobei ich die ganze Zeit an unser Date in dieser Nacht dachte.

Wir setzten uns zum Abendessen an einen ruhigen Ort, an den ich gerne ging, bestellten Getränke, und bevor ich überhaupt etwas sagen konnte, begann sie. "Du musst dich wundern, was gestern Abend und heute Morgen passiert ist", versuchte ich zu unterbrechen, aber sie hielt mich auf. "Hör zu, ich war mit Typen zusammen, die einfach nicht damit umgehen können, mit einer Frau, die sagt, was sie will und darauf drängt."

"Also ging es gestern Abend nicht nur darum, high zu sein." "Sicher nicht, aber es half mir, weiterzumachen und dir mein wahres Ich zu zeigen. Alles, was ich gesagt und getan habe, wollte ich tun, und damit musst du einverstanden sein. Ich will nicht, dass ein Mann mich verurteilt, weil ich bestimmte Dinge mag oder will, dass ein Mann bestimmte Dinge tut, und ich muss es jetzt wissen, bevor wir weitergehen, wenn das für dich in Ordnung ist."

Ich sah sie verwirrt an. "Warum um alles in der Welt sollte es gestern Abend nicht in Ordnung sein? Dieser Morgen war unglaublich...." "Ok, also hier ist es. Kerle sagen, dass sie wollen, dass eine Frau es liebt, ihren Schwanz zu lutschen," (so sprach sie wirklich über ihn, Schwanz) "aber wenn eine Frau danach fragt, denken sie, dass sie eine Hure ist, und das ist ganz zu schweigen von Sperma."

Sie hielt nicht inne, als der Kellner mit unseren Drinks kam. Sie bestellte sogar und sprach weiter über alles. "Ihr liebt die Idee, die Idee, die Idee einer Frau, die nur eure Ficksahne trinken will, aber wenn es tatsächlich passiert, ist es so, als hättet ihr Angst oder so." "Zum Teufel, nein. Ich denke, es ist erstaunlich und erfrischend. Ich war um den Block herum. Ich liebe die Tatsache, dass du Sex genießt und Sex haben willst. Die meisten Frauen nicht, aber ich muss ein paar Fragen stellen."

"Klar, mach schon." Sie nahm einen Schluck von ihrem Wein und sah mir tot in die Augen. "Also magst du Sperma wirklich?" " Ja." " Warum?" Vielleicht habe ich ein paar zu viele Fragen gestellt, aber Scheiße, ich hatte noch nie eine Frau gehabt, die sich so verhielt wie sie. Ich musste es wissen. "Es ist einfach so erotisch. Das

Gefühl, der Geschmack, die gesamte Umgebung von allem. Die Freude, die es meinem Partner bereitet. Alles daran. Sicherlich haben einige Jungs besseres Sperma als andere, aber es ist selten, dass ein Kerl wirklich böses Sperma hat."

"Und was ist mit meinem?" "Du bist ein wirklich großer Kummer, was schön ist. Die meisten Jungs schießen nicht so wie du und deine ist immer noch ziemlich dick für die Menge, die du abspritzt. Die meisten Kerle, die so viel abspritzen wie du, machen das alles dünn und flüssig. Du kannst die Dicke auf deiner Zunge immer noch spüren, wenn du abspritzt." Ich hatte ein ziemliches Durcheinander. Sie wusste es. "Willst du weiterhin Fragen stellen?"

Natürlich habe ich das, und es war das beste
Abendessen meines Lebens. Sie erzählte mir, wie
erstaunlich es war, einen Schwanz wirklich tief in ihr zu
spüren, wie eng er in ihrem Arsch war und wie es sich
anfühlte, als würde sie auf die beste Art und Weise in
zwei Hälften gespalten, wie großartig es war, ihre Titten
fliegen zu sehen, wenn sie richtig hart gefickt wurde,
und wie sehr es eine Wendung war, einen Kerl zu sehen
und zu fühlen, der überall auf ihr abspritzt. Das
Gespräch endete erst, als es Zeit für das Dessert war,
und sie sagte dem Kellner, dass wir auf die Terrasse
gehen und eine Zigarette trinken würden. Ich rauchte
nicht und dachte nicht, dass sie es tat, sondern folgte
ihrer Führung und kehrte nicht zum Tisch zurück, bis ich
ihren Rock hochgehoben und sie über einen
Terrassentisch gefickt hatte. Wir schafften es kaum
durch den Kaffee und das Dessert, weil ihre
Beschreibungen von meiner Ficksahne in ihr Höschen

sickerten, aber wir schafften es, es nach Hause zu

schaffen, bevor ich in meine Hose kam.

So lief es, und so entwickelte sich meine Neugierde. Ich

fing an, mich zu fragen, was sie fühlte, warum sie es so

sehr liebte, und das verwandelte sich natürlich in

Anfragen, während wir fickten, denen sie sich gerne

stellte. Sie dachte nichts von mir, dass sie mir meine

Ficksahne zurückgeben wollte, als sie mich einmal

geblasen hat, und zuckte nicht einmal, als ich sie bat,

mir einen Dildo in den Arsch zu stecken oder ihn

anzulegen, um mich zu ficken. Es ging nur um das

Vergnügen mit jemandem, dem man vertraut hat, und

es gab nichts Schwules oder Falsches daran, und so

wuchs mein Problem.

Das Problem spitzte sich zu, als sie zu einer Forschungsreise aufbrach, die zwei Wochen dauerte. In der ersten Nacht, in der sie weg war, habe ich wütend auf einige Pornos gemastert, als ich eine Werbung für Brustformen sah. Sie klebten an deinem Körper, fühlten sich wie echte Brüste an und bewegten sich wie die echten. Es hat meine Neugierde geweckt. Ich ging sofort in mein Zimmer und fand die Sachen, die sie bei mir zu Hause gelassen hatte. Ich versuchte, ihr Höschen über mich zu ziehen, aber es passte nicht, und obwohl ihre Körbchen groß waren, war der Träger des BHs für mich viel zu klein. Ich wusste in diesem Moment, dass ich keine Frau sein konnte, aber ich wollte wissen, wie es ist, den Körper einer Frau zu haben. Ich mochte keine Männer, aber die Idee, eine Frau mit einem Mann zu sein, war ein Anreiz.

Ich ging zurück an den Computer und begann meine Suche. Als Akademiker musste ich alles tun, was ich konnte. Ich hatte das Gefühl, dass ich eine übertriebene weibliche Form haben sollte, da ich wissen wollte, wie es ist. Ich wollte größere Brüste als ihre, und nachdem ich die Größen der Optionen gesehen hatte, entschied ich mich für groß, aber nicht freakig. Ich las, dass die wirklich schweren nicht in der Nähe bleiben würden, also ging ich, da sie eine "d"-Cup war, ein paar Größen auf ein "f" hoch, bekam das entsprechende Bandmaß und bestellte sofort. Ich kaufte den Kleber und Entferner, den BH und das Höschen. Ich ging sogar so weit, einen Körperanzug zu bestellen, der meinen männlichen Körper etwas verdecken würde. Ich kaufte Kleider und Röcke, alle Arten von Kleidung, und bevor die Nacht vorbei war, hatte ich eine große Liste von Gegenständen und weit über tausend Dollar Scheine zusammengestellt.

Als sie in zwei Tagen kamen, hatte ich Angst, und erst nach drei Bieren und allen Vorhängen, die zugezogen waren, hatte ich genug Mut, einzutauchen. Als ich es tat, war es eine Erfahrung, die ich noch nie gemacht hatte. Es fühlte sich erstaunlich an, diese Formen an meinem Körper zu haben und zu spüren, wie der BH sie festhält. Ich plauderte als Frau in Räumen und entdeckte eine ganze Seite zu mir selbst, die ich noch nie zuvor hatte. Als sie zurückkam, endete der Verband, und meine zwei Wochen als Frau waren versteckt. Ich packte alles zusammen und legte es auf den Dachboden. Dort blieb es, bis wir verheiratet waren, und ich begann, selbst Ausflüge zur Hütte zu machen.

Als das begann, benutzte ich die Ausrede, dass ich schwimmen würde, um meinen ganzen Körper wachsen zu lassen, und fast sobald die Reifen an der Kabine anhielten, zog ich mich als Frau an. Ich würde die ganze Zeit, in der ich dort war, tagelang als Frau bleiben und immer mehr schreiben als je zuvor, glücklicher als je zuvor, aber als es Zeit war, nach Hause zu gehen, war ich mehr als glücklich, meine weibliche Seite bis zum nächsten Mal wegzulegen. Es ging nie weiter, und unser Sexualleben verlangsamte sich nie.

Es blieb vier Jahre lang so, also bis zu diesem letzten Besuch, und deshalb schreibe ich. Ich bin mir nicht sicher, was passiert ist, wie ich es erklären soll oder wie das mein Leben verändern wird. Ich tat, was ich tat, weil ich so verwirrt und verloren war, aber auch, weil ich sie nicht verlieren wollte, und ich hoffe, sie weiß das. Ich hatte nur nicht erwartet, dass es so enden würde. Meine Verwirrung hält an, und ich bin mir nicht sicher, wie in der Welt das enden wird und wer dabei verletzt wird.

Alles begann so, wie es normalerweise war. Ich hatte vier Tage allein und frisch gewachst, sobald ich die Kabine betrat und mich aufwärmte, befestigte ich die Formulare mit dem Kleber, zog meine neuen Gärtner und String an, sexy Rock und Bluse und machte mich an meinen normalen Abend. Es war normal, bis es an der Tür klopfte.

In all meinen Jahren in dieser Kabine hatte ich noch nie jemanden in der Nähe gesehen, ganz zu schweigen davon, dass ich zur Tür kam. Es war mindestens drei Meilen von jemand anderem entfernt, also gab es keinen Grund, dorthin zu kommen, es sei denn, es sollte dorthin kommen. Ich ging zum Badezimmer, um mich so schnell wie möglich auszuziehen, und dachte, es wäre meine Frau oder jemand, den ich kannte, als sich die Tür öffnete und zwei Männer hereinkamen. Einer war in meinem Alter, vielleicht ein paar Jahre jünger, und der andere musste kaum 18 Jahre alt sein.

"Steven, mach dir keine Sorgen, dass du versuchst, dich zu ändern. Wir haben dich gesehen und wissen, was du vorhast." Ich blieb tot in meinen Spuren stehen, zu Tode erschrocken vor dem, was folgen würde. Erstaunlicherweise hatte ich keine körperliche Angst, ich hatte mehr Angst davor, dass jemand herausfindet, wie ich aussehe. "Keine Sorge, Steve oder Stevie, wie heißt dein Mädchenname? Wir werden Alice nichts sagen, zumindest nicht im Moment." Das "nicht im Moment" schickte Schauer über meinen Rücken.

"Komm, setz dich hin. Wir müssen reden." Ich folgte dem Befehl vollständig. "Siehst du, ich weiß, was das mit deiner Ehe bewirken würde, und du auch, also denke ich, dass wir eine Lösung für unser kleines Problem haben." Er blickte auf den jüngeren Mann hinüber und lächelte: "Siehst du, es ist klar, dass du dort eine kleine Frau sein willst, nun, nicht so wenig nach den Titten, die du bekommen hast, sondern eine Frau, und trotzdem wollen wir dir dabei helfen. Also, hier ist der Deal. Ich werde dir zwei Befehle geben, das ist alles, und all das bleibt zwischen uns. Niemand muss es wissen."

Ich hatte Todesangst. Ich wollte von diesen Typen vergewaltigt und getötet werden. "Keine Sorge, Mrs. Doktor, Süße, wir werden dich nicht vergewaltigen und töten." "Woher wusstest du, was ich denke?" "Du wirst dich bis zu unserer Abreise über viele Dinge wundern, aber nichts über deine Sicherheit. Du wirst schockiert sein, wie viel und wie weit du damit gehen willst." "Das bezweifle ich." "Du kannst jetzt, aber haben wir einen Deal? Zwei Bestellungen und dann ist alles in Ordnung?"

"Und welche zwei Befehle?" "Keine Sorge, es ist nichts, woran du nicht gedacht hast, wenn du ehrlich zu dir selbst bist. Also bist du bereit, das zu tun, bereit, das auf eigenen Wunsch zu tun?" "Und niemand wird es wissen?" "Nur die Leute in diesem Raum."

"Lasst uns das hinter uns bringen." "Ok, hier ist der Deal. Mein junges Gegenstück hier war noch nie mit einer Frau zusammen. Ich möchte, dass der junge Junge einen netten kleinen Blowjob von einer Frau mit schönen Titten wie deiner bekommt und sich nicht wie abgewiesen verhält. Ich weiß, dass du darüber nachgedacht hast und jetzt ist deine Chance. Er ist sauber und attraktiv und nichts ist mit ihm los. Wir werden sogar helfen, es dir leichter zu machen."

Ich habe nichts gesagt. Ich bewegte mich nicht, nicht einmal als er auf mich zukam, öffnete seine Hose und zog seinen Schwanz aus und hängte ihn mir ins Gesicht. "Mach einfach weiter, Stevie, du bekommst den Dreh raus. Es ist ein natürlicher Akt." Und dann ist es einfach passiert. Ich nahm seinen Schwanz in meinen Mund und fing an zu tun, was Alice getan hätte. Ich habe es nicht mit Begeisterung getan, ich habe es einfach getan, und bevor ich es wusste, war es vorbei. Er kam, ich schluckte, und er zog sich zurück. Es war nicht abstoßend, aber auch nicht aufregend; es war einfach so.

"Ok, also bist du bereit für Kommando Nummer zwei?" "Fick dich, bring es einfach hinter dich." "Das ist keine Art zu handeln. Es war nicht so schlimm, oder?" "Was ist die zweite?" "Natürlich will ich auch einen." Er wartete nicht auf eine Antwort. Er kam zu mir rüber und ließ seine Hose fallen und vor mir hing ein großer Schwanz. Er musste mindestens meine Größe haben. Ich wollte es vorbeihaben, also streckte ich die Hand aus, packte seinen Schwanz und steckte ihn in meinen Mund, aber diesmal war es anders. Als es auf meine Lippen traf, war es, als würde Strom durch meinen Körper fließen. Ich liebte die Art und Weise, wie sich sein Schwanz in meinem Mund fühlte, das Gefühl, das er gegen meine Zunge hatte. Das Vergnügen war so groß, dass ich nicht einmal eine Frage oder Abstoßung aufbringen konnte. Ich wollte es so. Es wuchs und fing an, meinen Mund zu füllen, und diesmal fing ich eindeutig an, es zu bearbeiten, da Alice meinen Schwanz bearbeiten würde. Ich konnte nicht genug bekommen.

Ich saugte am Kopf und drückte seinen Schaft mit meinen Lippen, als ich ihn immer weiter und schneller in meinen Mund drückte. Er kam, bevor ich es wollte, aber als er es tat, überflutete eine ganze Reihe von Empfindungen meinen Körper. Die Menge an Sperma war schockierend. Es strömte in meinem Mund in Wellen, in riesigen Wellen mit viel Kraft. Es füllte meinen Mund, bevor ich es wusste, und ich begann zu schlucken, so schnell ich konnte. Aber etwas begann zu passieren. Mein ganzer Körper wurde heiß, sobald ich schluckte, und die Hitze wuchs schnell, als immer mehr Sperma in meinen Magen kam. Als er mit dem Cumming fertig war, dachte ich, ich würde in einen Feuerstoß explodieren, aber als ich den Atem stockte, lehnte ich mich zurück in den Stuhl, Sperma tropfte mein Kinn hinunter, fing der Raum an zu drehen, und ich fühlte, wie ich in die Bewusstlosigkeit driftete.

Als ich zu mir kam, saßen sie auf der Couch und tranken eines meiner Biere. Ich war taumelig und fühlte mich seltsam. "Stevie, also dein Rücken zu uns. Wie fühlst du dich?" Der Raum war immer noch verschwommen. Mein Körper fühlte sich seltsam und distanziert an. "Ich glaube, ich muss ins Krankenhaus." "Nicht deine Strafe. Vertrau mir, aber jetzt, da du wach bist, werden wir gehen, wie wir es gesagt haben, das heißt, wenn du nicht willst, dass wir bleiben." "Du musst mich wirklich in ein Krankenhaus bringen, etwas stimmt nicht." Und etwas stimmte nicht. Meine Sicht war verschwommen und ich spürte ein Gewicht auf meiner Brust. "Ich glaube, ich habe einen Herzinfarkt."

"Dass du keinen Herzinfarkt hast, noch nicht, und nicht so, wie du denkst." "Was meinst du damit? Ich konnte meinen Körper kaum bewegen. Ich konnte seine Form kaum 5 Fuß von mir entfernt erkennen. "Ok, willst du das wirklich wissen?" "Fick dich. Sag mir, was mit mir los ist." "Flipp nicht aus, zumindest noch nicht. In fünf

Minuten bist du wieder in Ordnung. Zumindest, wenn der Schock nachlässt."

"Verdammt, sag es mir", schrie ich, aber da hörte ich meine Stimme, es war anders. Es klang wie eine gedämpfte Alice. "Alles klar, Stevie, ich sage es dir. Siehst du, du hast dich freiwillig gemeldet, um Anthonys Ladung hier zu schlucken, und du siehst, dass es freiwillig sein muss, um zu arbeiten. Und dann hast du meine Ladung geschluckt, natürlich freiwillig, und während Anthony's nur normaler alter Mist war, ist meine etwas anders. Siehst du, als du meine geschluckt hast, ist dir irgendwie etwas passiert. Ich weiß nicht, wie es passiert ist, aber mir wurde ein kleines Geschenk gemacht. Du siehst, wenn mein Sperma mit dem Sperma einer anderen Person interagiert, die Person, die diese Interaktion aufnimmt, erfährt einige Veränderungen. Es ist immer der ultimative Wunsch der

Person, die ihn aufgenommen hat. Deine liebe alte Alice wollte Sex so sehr lieben wie ihr damaliger Freund Sex, und du, meine hübsche Dame, nun, du wolltest eine Frau sein."

Als er das sagte, sah ich das Lächeln auf seinem Gesicht, und ich begann sofort zu erkennen, dass das Gewicht auf meiner Brust zwei große Brüste waren. Er sah, wie ich auf sie herabblickte und dann zu ihm aufblickte. "Du siehst da Stevie, du hast tatsächlich zwei Wünsche zum Preis von einem. Ich sehe, dass du genau wie Alice aussiehst, bis auf die großen Titten, die du hast, und weil du sie sein wolltest, hast du ihren Wunsch bekommen, Sex zu wollen, so sehr wie jeder Hornhund-Mann. Also, was hast du zu deiner Verteidigung zu sagen?"

Ich stand auf, ohne dass er noch ein Wort sagte, und ging auf die Toilette. Ich trug das Outfit, das ich hatte, als sie reinkamen, aber in der Spiegelung war Alice, bis auf einen Hauptunterschied: die Brüste. An mir sahen sie groß aus, aber an ihrem Rahmen waren sie riesig.

"Sie sind schön, nicht wahr? Du siehst, dass du die gekauft hast, die eine "F"-Cup auf deinem Rahmen waren, aber auf ihr sind diese Titten noch größer, ich würde sagen, wie H-Cups vielleicht. Sie sind beeindruckend." Und das waren sie auch. Du konntest nicht anders, als sie anzusehen. Sie dominierten den Rahmen der Frau in der Reflexion. Sie dominierten meine Brust. "Aber wie?" "Stell keine Fragen. Kümmere dich einfach darum. Wir werden abheben, aber wir werden morgen nach dir sehen, wie es dir geht. Ich weiß, es wird schwer mit den Titten, die du bekommen hast, und der neuen Muschi, die du herumschleppst, aber ruh dich aus."

Und damit waren sie weg. Ich wurde allein in der Kabine gelassen, und als ich versuchte, ihnen zu folgen, die Tür aufzutun und eine Antwort zu verlangen, waren sie weg. Ich tat das Einzige, was ich tun konnte. Ich ging wieder hinein, schloss die Tür ab und stand in völliger Verwirrung. Ich versuchte herauszufinden, was ich tun sollte, die ganze Zeit über, die Unterschiede zwischen dem alten und dem neuen Körper zu spüren und zu verstehen. Mein Tor war mit meinen Hüften viel breiter, was schwer zu benutzen war. Als ich ging, sogar in meinem BH, zogen meine Brüste an der Bewegung. Egal, was ich tat, ich war mir ihrer bewusst. Schließlich fand ich mich auf der Couch wieder und befand mich plötzlich in einem emotionalen Zustand, den ich noch nie zuvor gespürt hatte. Ich weinte und obwohl ich

versuchte, aufzuhören, konnte ich es nicht. Ich suchte in
meinem Herzen, aber egal, was ich dachte, die Idee, nie
bei Alice zu sein, nie wieder ich selbst zu sein, nie
wieder zu lehren, ließ weitere Tränen fallen.

Ich hatte mit dem gesamten Prozess zu kämpfen. Ich
ging auf die Toilette und sah mich im Spiegel an. Ich war
ein Bild der Schönheit, aber alles, was ich sehen konnte,
wo meine sexuellen Triebe, die mich in diesen Zustand
versetzten. Ich zerriss die Kleider, die ich hatte. Ich warf
sie gegen die Tür und sah mich wieder an. Ich wollte
wütend sein, aber alles, was ich sah, war der Körper
einer Göttin. Meine Brüste hingen perfekt, und ohne
den BH wurde das Gewicht erhöht. Meine Warzenhöfe
waren viel größer, als ich es mir vorgestellt hatte, und
kahl, meine Brustwarzen standen aufrecht. Meine
Hüften waren breit, und meine Beine waren die
Definition von perfekt, definiert, aber einen Schritt

davon entfernt, zu muskulös zu sein. Ich war erstaunt über meine Schönheit, aber ich konnte sie trotzdem nicht als solche betrachten.

Ich schaltete das Licht aus und mit nur dem Gewicht meines neuen Körpers und dem Unterschied in meinem Schritt, um mich daran zu erinnern, machte ich mich auf den Weg durch die Dunkelheit. Aus der Erinnerung fand ich mein Schlafzimmer, wo ich im Bett zusammenbrach, und bevor ich es wusste, schlief ich.

Als ich erwachte, war alles anders. Die Verwirrung war weg, aber es war schwer zu erklären. Ich hatte Erinnerungen, die ich nie hatte. Es kamen mir Dinge bekannt vor, die ich vorher nicht kannte, auf eine Weise, die ich nicht kannte oder verstand. Ich ging in die Küche und goss mir etwas Saft ein, ohne nachzudenken. Ich wusste, dass ich ein Mann bin, irgendwo, aber alles schien normal. Ich stand nicht unter der Kontrolle von jemand anderem oder etwas anderem, es war nur, dass ich mich wohl fühlte.

Ich ging auf die Couch und setzte mich hin, ohne an mein früheres Selbst zu denken. Ich war nur ich, Stevie, trank etwas Orangensaft und schaltete den Fernseher ein. Ich saß da und stellte meine beiden Füße auf den Couchtisch, durchsuchte die Kanäle und dachte nicht einmal an die Seltsamkeit meines Körpers. Ohne nachzudenken, machte ich mich an die Nachrichten, legte meine Hand zwischen meine Beine und fing an, meinen Kitzler zu reiben. Ich saß dort, Beine weit gespreizt, rieb mich mit zunehmender Geschwindigkeit und trank meinen OJ und beobachtete, wie sich der Regen an diesem Abend bewegen würde, wie die Senatoren ihr Hockeyspiel gewannen. Ich saß da, durchdrang meine Öffnung und brachte mich zu einem erstaunlichen Orgasmus, beendete fast die Zeit, als der

Farbkommentar die Nachrichten und meinen ereignisreichen Morgen beendete.

Nachdem ich zum Orgasmus gekommen war, steckte ich die Finger, die in mir waren, in meinen Mund und saugte die Säfte ab, die sie bedeckten, stand auf, legte mein Glas in die Spüle und duschte. Als ich fertig war, ging ich mit einem Handtuch, das um mein langes Haar gewickelt war, ins Schlafzimmer und ging zu jeder Schublade und zog die passende Kleidung heraus. Ich schob einen String über meine langen Beine, zog meine Arschproben auseinander, um seine Platzierung anzupassen, und zog dann in zwei Sekunden einen BH an. Nachdem ich den BH um den entsprechenden Weg gedreht und hochgezogen hatte, um meine Brüste zu schließen, griff ich hinein und zog sie an ihren Platz. Ich zog ohne Anstrengung einen Rock an und rutschte dann auf ein eng anliegendes Oberteil, das an Bauch und

Brüsten klebte. Ich rutschte in ein Paar blaue Wohnungen, ging und trocknete mein Haar, und bevor ich mich versah, saß es vor dem Spiegel und trug Make-up auf.

Der Tag verging mit normalem Verhalten. Ich las ein Buch und machte mir ein Mittagessen. Ich habe fast mein früheres Selbst vergessen. Ich war im Urlaub weg von meiner Familie, genoss die Ruhe, und als die Sonne unterging und ich sah, wie das halbe Licht durch das Fenster ging, klopfte es an der Tür.

Sie kamen einfach ohne Kommentar herein. Ich erkannte sie, aber sobald sie durch die Tür kamen, konnte ich nur noch an sie nackt denken. Der Junge war attraktiv, aber der Ältere hatte etwas an sich. Er ging ohne etwas zu sagen an mir vorbei und setzte sich auf den Stuhl gegenüber der Couch. Ich konnte unseren Blick nicht brechen. Während ich ihn anstarrte, konnte ich nur an seinen Schwanz denken. Nichts ist passiert, aber dann konnte ich es nicht mehr aufhalten. Ich wollte es mehr als alles andere. Ich kroch fast zu ihm, und als ich dort war, öffnete ich seine Hose und zog seinen Schwanz aus. Weich in meinem Mund fühlte es sich unglaublich an. Es war alles, worauf ich mich konzentrieren konnte. Ich liebte die Art und Weise, wie er in meinem Mund wuchs, von weich und beweglich bis hart, groß und steif. Ich konnte nicht genug von den Kanten seines Kopfes an meinen Lippen und dem Gefühl seiner Länge bekommen, die sich tiefer in meinem Mund bewegen.

Ich bewegte mich den ganzen Weg auf seinem Schwanz nach unten und sah dann zu ihm auf, als er mich ansah.

"Was ist mit meinem jungen Partner dort, er wird eifersüchtig."

Ich habe nichts gesagt. Als die Worte seinen Mund verließen, wollte ich es. Ohne Richtung ließ ich seinen Schwanz aus meinem Mund gleiten und stand vor ihm. Ich öffnete meinen Rock und zog mein Höschen nach unten, und mit einer Dringlichkeit, an die ich mich nicht erinnern kann, wandte ich mich von ihm ab, spreizte meinen Arsch, setzte mich auf seinen Schwanz und führte ihn in meine bereits getränkte Muschi. Ich versuchte nicht, mich zu bewegen oder zu ficken, ich bekam es einfach tief und sah den jungen Mann an. Ich konnte mich kaum beruhigen, ich setzte mich auf ihn und sah zu, wie der junge Mann auf mich zukam und seine Hose herunterzog. Sein harter Schwanz ging ohne Protest in meinen Mund, und als ich langsam auf dem Schwanz in mir schleifte, nahm ich den harten Schwanz ohne Probleme in meinen Mund. Ich fing an, mein Tempo auf dem Schwanz in meinem Mund zu beschleunigen und wünschte, dass er mehr als alles andere in meinem Leben abspritzt. Ich wollte es schmecken, fühlen, wie es explodiert. Ich hielt lange genug inne, damit mein BH sich ausziehen konnte und mein Hemd über meinen Kopf gezogen wurde, aber sobald ich nackt war, tauchte ich wieder auf den Schwanz vor mir.

Es dauerte nicht lange, bis er in meinem Mund explodierte und ich stöhnte, als ich spürte, wie der dicke Schmalz in meinen Hals floss. Ich mahlte mit mehr Geschwindigkeit, als sein Sperma abnahm und sein Schwanz weich wurde, und kam in heftigen Schütteln, als ich den halbharten Schwanz aus meinem Mund befreite. Einmal losgelassen, stand ich auf und ließ den Schwanz frei, der in mir war, ich drehte mich um, um ihn anzusehen, und senkte mich wieder auf ihn. In den wenigen Sekunden, in denen er weg war, vermisste ich seine Anwesenheit, aber als ich mich auf ihn absenkte und heftig anfing, ihn zu ficken, packte er meine Titten und fing an, sich in mich hineinzuheben und fickte mich mit mir in der Position der Kontrolle.

Ich kam wieder, als er mich fickte, aber fast sobald ich runterkam, schob er mich weg. "Sieht so aus, als wäre unser junger Freund bereit." Da wurde mir zum ersten Mal klar, was ich getan hatte, als mein männliches Selbst herauskam. Stehen da mit meinem Muschi-Gapping, meinen Säften, die aus mir herausfließen und dem Geschmack von Sperma frisch im Mund. Es war keine Schande. Es war kein Ekel. Wenn ich ehrlich war, war es die Vollendung. Dieser Körper und was er war, war der, der ich wirklich war. Ich war stolz auf die Person, die ich war. Ich fühlte meine Brüste, ließ meine

Hand über meinen Bauch und zu meinem Schritt hinuntergehen, fühlte die Nässe auf der kleinen Linie der geschnittenen Schamhaare, die wie ein Weg zu meiner wunderbaren Vagina führte.

Ich ließ meine Hände um meine Hüften bis zu meinem Arsch gehen und spürte das Gewicht und die Fülle meiner Wangen, kam wieder an meine Seiten und bewunderte die Kurven, nur um meine Brüste wiederzufinden und ihr Gewicht anzuheben. Ich zog sie hoch und zeigte meine Brustwarzen auf mein Gesicht, und ohne Probleme küsste ich jeden einzelnen hintereinander. Ich war wirklich das erotische Model, das ich sein wollte, und ich hatte vor mir die Instrumente, damit ich mich wie die Frau fühle, die ich war.

Ich blickte auf den Mann im Stuhl herab, lächelte ihn an, mit seinem riesigen Schwanz, der vor Aufmerksamkeit stand, glitzerte mit meinen trockenen Säften um seinen Schaft herum, und ich lächelte zurück. "Es sieht so aus, als ob du endlich Frieden mit dir selbst hast, also ist das Einzige, was du tun kannst, deinem Körper etwas Gewalt zuzufügen." Er grinste.

Er stand vor mir auf, zwang mich ein wenig zurück, packte mein Gesicht mit zwei Händen und küsste mich. Es war mein erster Kuss, und ich gab ihn ganz hinein. Ich fühlte, wie seine Zunge in meinen Mund eindrang, und hinter mir fühlte ich, wie Anthony hinter mich kam und begann, mit beiden Händen, meine Hüften mit seinen Händen zu umrahmen. Er küsste meinen Nacken, brachte seine Hände an meine Seiten und arbeitete seine Hände zwischen meine Brüste und meinen Küsser. Sofort spürte ich, wie sein Schwanz gegen den kleinen

Teil meines Rückens drückte, eine leichte Nässe von seiner Spitze, aber die Empfindungen, die meinen Körper umgaben, übernahmen. Ich war Brei in ihren Händen, und als der Kuss endete, wurde ich dem jungen Mann zugewandt, der mich sofort küsste. Sein Kuss war heftiger, aufdringlicher, aber nicht schlecht. Es war anders. Wiederum drangen Hände von hinten in meine Kupplung ein, hoben meine Brüste an und drückten sie fest. Ich schnappte nach Luft mit diesem Gefühl.

Plötzlich wurde ich entlassen. "Mein Schwanz braucht ein wenig von deinem Speichel." Und als ich meine Befehle annahm, drehte ich mich um, fiel auf die Knie und bekam in einer Bewegung die Länge seines großen Schwanzes in meinen Hals. Der Schock war mehr an meinem Ende als an seinem, und er musste mich schon nach wenigen Augenblicken körperlich von seinem wunderbaren Schwanz entfernen. Ich wollte es nicht verlassen. Der Geschmack von mir auf seinem Schwanz und die Dicke in meinem Mund waren mehr, als ich ertragen konnte, aber ich stand trotzdem. Außer Atem sah er mich an und befahl mir, mich auf seinen Schwanz zu setzen.

Ich ging, um ihn zu spreizen, während er saß, aber er hielt mich auf. "Nein, dreh dich um." Ich gehorchte ihm, spreizte seine Beine, jetzt zusammen, und ging, um mich auf ihn zu setzen. Ich bewegte mich, bis ich den Kopf seines Schwanzes gegen meine Lippen spürte, und mit dem Gewicht meines Körpers wurde sein Schwanz in mich hineingedrückt. Obwohl ich ihn gerade erst in mir gehabt hatte, war es, als ob sich mein Körper danach sehnte und seine Größe verfehlte. Ich konnte mich nicht bewegen, als ich unten bei ihm war; ich schloss die Augen und genoss einfach die Fülle.

Ich erhob mich, um ihn zu ficken, aber als ich ging, um mein Gewicht zu erlauben, ihn wieder in mich hineinzudrücken, fing er mich auf. "Nein, jetzt deinen Arsch." Ich blickte zu ihm zurück, dann zu Anthony, der mich anlächelte. "Du musst Anthony in deinem Körper Platz machen."

Ich gehorchte noch einmal. Ich zog mich hoch, also verließ er meinen Körper und versuchte dann mein Bestes, um seinen Schwanzkopf mit meinem Arschloch auszurichten. Ich rieb es mit meiner Hand hin und her und dann, sobald es an seinem Platz war, erlaubte ich mir, es nach unten zu drücken. Es war nicht einfach. Ich war eng und fand es schwierig, mich zu entspannen. Ich schloss die Augen, um mich zu konzentrieren. Der Kopf seines Schwanzes arbeitete in mein Loch und spreizte den angezogenen Schließmuskel, löste ihn aber nicht. Ich wusste von Alice, dass sie sich definitiv schnell lockerte, aber jetzt verstand ich, wie schwer das war. Als er tiefer in mich eindrang, gab es einen Schmerz und ein Unbehagen, das damit einherging, und eine Invasion, die nicht sein sollte, und meine Verfassung war definitiv von dieser Invasion betroffen. Er konnte erkennen, dass ich damit nicht umgehen konnte. Er stieß mich von ihm weg und der Schmerz, den er von ihm hatte, als er meinen Arsch verließ, war mehr als nur, dass er ihn betrat.

Ich sah ihn an und entschuldigte mich. "Keine Sorge, meine Schöne. Lass Anthony sich um dich kümmern und ich bin gleich wieder da." Er stand auf und ging in die Küche, und ich konnte meine Augen nicht von seinem verhärteten Schwanz lassen, der hin und her schwankte, während er ging. Ohne Worte drückte Anthony mich auf die Couch auf meinen Knien und packte meine Hüften. In einer Bewegung drückte er seinen Schwanz in mich hinein, indem er ihn langsam zog, und fing dann an,

mich mit großer Kraft zu ficken. Die Geräusche und

Gefühle aus meinem Körper waren erstaunlich. Ich

grunzte mit seiner Kraft, meine Pussy klang, als würde

er ein nasses Loch ficken, meine Titten schlugen gegen

meinen Körper und schwangen sich mit dem Ficken

(allein genug, um mich verrückt zu machen), aber es

würde nur ein paar Minuten dauern.

"In Ordnung Anthony, danke, dass du sie für mich warm

gehalten hast." Er zog sich wie befohlen von mir zurück,

und ich drehte mich um, um den Mann anzusehen, der

ihn ersetzen sollte. "Alles, was du hast, ist Olivenöl, aber

es wird funktionieren." Ich sah zu, wie er etwas in seine

Hände legte und es an seinem Schwanz rieb, und dann

etwas auf meinen Arsch goss und mein Loch damit rieb.

Er massierte mein Arschloch und schob dann einen

Finger hinein. Ich blickte über die Rückseite des Stuhls

zurück und ließ mein Arschloch von einem Finger und dann von zweien eindringen. Als ich spürte, wie seine Hand meine Hüfte packte, wusste ich, dass sie kommen würde. Ich fühlte, wie der Kopf seines Schwanzes an meinem Loch auf und ab rieb, und dann drückte er mit ein wenig Kraft in mich hinein. Sein Kopf ging leicht genug hinein und drückte an meinem Widerstand vorbei, aber als er tiefer wurde, stieg der Druck. Er konnte den Widerstand spüren und als er es tat, hörte er auf.

Er hielt eine Weile inne und drückte dann weiter in mich hinein. Sein Schwanz fühlte sich an, als wäre er zwei Fuß lang. Sie waren beide in mir gewesen, fickten mich, aber das war anders. In diesem Moment wusste ich, warum Frauen sagten, sie würden es nie tun, und warum Alice es liebte. Die Größe war verblüffend. Die Invasivität war sowohl schockierend als auch glorreich. An einem bestimmten Punkt, nach einer seiner Pausen, als er anfing, sich wieder in mich hineinzubewegen, war es, als hätte mein Körper ihn in mich hineingezogen, und seine ganze Größe drückte sich bis in mich hinein. Ich keuchte, als sein Körper gegen meinen zur Ruhe kam. Alles, was ich aussprechen konnte, war immer wieder "Oh mein Gott", aber er bewegte sich nicht. Er saß den ganzen Weg in meinem Arsch und fing an, meinen Rücken und Arsch zu reiben.

"Entspann dich einfach. Bekämpfe es nicht in dir. Lass einfach deinen Arsch sich öffnen, als würdest du kacken gehen." Es tat nicht weh, es war einfach so viel, was man in mich aufnehmen konnte. Es fühlte sich an, als würde er Organe verlagern. Minuten vergingen, ich atmete nur tief durch und versuchte mich zu entspannen, und dann fühlte ich mich plötzlich, ohne Warnung, losgelassen. Ich zog mich für eine Sekunde

danach an, als ich mich selbst überprüfte, aber dann
konnte ich fast ohne Anstrengung meinen Arsch
loslassen. Er fühlte es, und ich wusste, dass er es fühlte.

Er fing an, sich nur noch so leicht zu bewegen. Er fickte
nicht so sehr, als würde er nur seinen Schwanz in
Bewegung halten. Ein Zentimeter nach dem anderen,
dann zwei, dann kam die Hälfte seines Schwanzes aus
mir heraus und schließlich fing er an, tatsächlich zu
ficken. Er hat mich nie verlassen, nur genug
herausgezogen, also blieb nur sein Kopf in mir. Er
erlaubte sich, in meinen Arsch zu stoßen, damit ich die
volle Kraft seiner Bewegung spüren konnte, aber zu
diesem Zeitpunkt war es egal. Mein Arsch war weit
offen und jedes Gefühl von Schmerz oder Unbehagen
war verschwunden. Die Größe seines Schwanzes in mir
war das Schönste, was ich je erlebt hatte. Ich konnte
jeden Zentimeter von ihm spüren. Ich hatte keinen

Orgasmus, aber ich wurde so angetörnt, dass die Säfte

aus meiner Muschi nach unten sickerten, um seinen

Schwanz zu beschichten, aber fast sobald das passierte,

zog er den ganzen Weg aus mir heraus.

"Lasst es uns noch einmal versuchen." Er setzte sich

neben mich, und ich wusste, was ich tun musste. Ich

spreizte seine Beine und senkte mich auf seinen

Schwanz. Diesmal gab es fast keinen Widerstand. Er

rutschte leicht in meinen Arsch, und als er den ganzen

Weg in mir war, fühlte ich mich komplett. Ich saß da auf

seinem Schwanz, als er meine Brüste massierte, an

meinen Brustwarzen zog und mich dann zurückzog, so

dass ich bündig an seiner Brust war. Sein Schwanz zog

sich leicht aus mir heraus, aber das Gefühl der Fülle

verließ mich nicht.

"Zieh deine Beine hoch." Ich zog meine Beine hoch, indem ich hinter meine Knie griff, und damit wölbte sich mein Rücken, er rutschte ganz in mich zurück, und meine Titten fielen zu meinen Seiten. Er schob sie zusammen und sah dann Anthony an. "Sie ist bereit für dich."

Damit bewegte er sich auf mich zu, und ich sah ihn mir in die Augen schauen. Er nahm meine Beine aus meinen Händen und ich ließ meine zur Seite fallen. Als er sie leicht anhob, fühlte ich, wie der Kopf seines Schwanzes in mich hineingedrückt wurde. Der Druck war intensiv, und obwohl er mit Leichtigkeit in mich eindrang, war die plötzliche Fülle von zwei Schwänzen in mir erstaunlich, aber er gab mir keine Zeit, mich an das Gefühl der Fülle zu gewöhnen. Sobald er in mir war, fing er an zu ficken, und ich hatte noch nie so etwas in meinem Leben gespürt. Ich kam fast sofort, und als ich es tat, schoss ich einen riesigen Strom von Flüssigkeit aus meiner Muschi. Ich wusste, dass ich spritzte, aber ich hatte keine Zeit, zu verinnerlichen, was ich getan hatte.

Meine Titten schwangen mit dem Ficken hin und her, und der Orgasmus schien weiterzugehen, anstatt aufzuhören und zurückzukommen. Ihre Schwanzköpfe schienen sich in mir gegeneinander zu drücken, gegen etwas in mir, das mich verrückt machte. Jemand packte meine Titten, dann der andere. Anthony fing an, mich härter zu ficken und versuchte, mich in zwei Teile zu teilen, und ich wollte nicht, dass er aufhört. Ich habe regelmäßig einen Orgasmus bekommen. Er hörte auf und sein Freund griff herum und rieb meine Klitoris so weit, dass er mich über den Rand schickte, und dann, als ich kam, würde das Schlagen wieder beginnen, aber wie alle Dinge konnte es nicht lange dauern. Er fickte härter und dann fühlte ich ihn angespannt, und ganz in mir fühlte ich den Anstieg des Kopfes und die erhöhte Feuchtigkeit. Er schrie gut, nachdem ich ihn kommen sah, und als sein Tempo nachließ und seine Härte ihn verließ, zog er sich zurück.

Es gab keine Pause in der Aktion. Als er mich verließ, wurde ich in wenigen Sekunden angehoben und gedreht, so dass ich wieder auf den Knien auf der Couch lag. Bevor ich überhaupt an das Sperma denken konnte, das aus meiner Pussy auslief, drückte er seinen großen Schwanz zurück in meinen knallenden Arsch. Mein Loch war weit offen, und er nutzte es aus. Es gab kein Recht, dass ich mich an ihn gewöhnen konnte, es war nicht nötig. Mein Arsch war gestreckt, und dieser große Schwanz nutzte ihn aus. Er schlug mit Gewalt in meinen Arsch, den ganzen Weg hinein, den ganzen Weg hinaus. Es gab keine Schmerzen, kein Unbehagen. Ich war offen, und das Gefühl seines Schwanzes in meinem Arsch, als er vollständig drin war, war erstaunlich. Ich sehnte mich danach. Ich brauchte es. Als er sich zurückzog, keuchte ich wegen der Leere. Als ich nicht dachte, dass er meinen Arsch härter ficken könnte, tat er es. Als ich nicht dachte, dass ich einen härteren Orgasmus hätte als ich ihn hatte, tat ich es. Mein ganzer Körper ertrug den Missbrauch seines Schwanzes. Meine Titten schmerzten fast von der Bewegung. Ich schrie in das Kissen auf der Couch. Er schlug mir auf den Arsch, griff herum und packte meine Titten nach Griffen.

Als er meine Titten losließ und die Vorderseite meiner Hüften, die Oberseite meiner Oberschenkel packte, wusste ich, dass er in der Nähe war. Er fing an, mich mit mehr Kraft zu ficken, härter, und sein Schwanz versteifte sich. Als er den ganzen Weg in mich hineinstieß und dort anhielt, wusste ich, was auf mich zukam. Ich fühlte die Welle in meinem Arsch. Sobald er anfing zu kommen, nahm der Druck zu, aber ich spürte

seinen Schwanz nicht so sehr wie ich. Als er sich wieder

zu bewegen begann, fühlte ich ihn, aber die Nässe nahm

zu. Er zog sich ohne Vorwarnung zurück, so dass ich ihn

sofort vermisse.

Ich sah ihm in die Augen, und er lächelte mich an, sein

Schwanz nass und halbhart, hing an seinem Körper. Er

küsste mich, ging dann zur Tür und zog sich langsam an,

als er sich auf den Weg dorthin machte, und sobald er

aufgetaucht war, war er weg.

Ich lag dort für ein paar Minuten in meiner

Hundestellung und richtete mich dann auf, stand auf

und ging in die Küche. Ich konnte spüren, wie sie beide

aus meinen gestreckten Löchern austreten, aber es hat

mich nicht in eine Phase gebracht. Ich goss mir einen

Drink ein und atmete ihn fast ein, und es klopfte an der Tür. Ich wusste, dass sie es sein mussten, aber als ich die Tür öffnete, stand Alice vor mir. "Also sehe ich, dass sie gekommen sind und dich gesehen haben. Ich wusste nicht, was ich finden würde, aber das ist sehr interessant." Es gab eine lange Pause. Sie sah mich auf und ab. "Also schätze ich, dass du mehr ein Brustkrebs bist, als ich dachte."

Zeitfracht Medien GmbH
Ferdinand-Jühlke-Straße 7
99095 Erfurt, Deutschland
produktsicherheit@kolibri360.de